Schau in den Spiegel

ALOIS TAMPIER

Die Freude eines Lesers
am Lesen
ist der schönste Dank an den
Schreiber Alois Tampier

Juli 2000

Schau in den Spiegel

ALOIS TAMPIER

Herstellung: Niederösterreichisches Pressehaus,
Druck- und Verlagsges.m.b.H.
Gutenbergstraße 12, 3100 St. Pölten

ISBN 3 900 884 15 3

Schau in den Spiegel!

Wenn wir Bücher lesen, die von Menschen erzählen, wandert fast unbewußt der Vergleich mit uns selber mit: Was ist in den Geschilderten sympathisch, was ist widerlich?

Vielleicht ist Letzteres trotzdem lesenswert, weil es eine wirksame Warnung sein kann, sich durch Aufrufe zu noch nie gewagten Freizügigkeiten das Leben verderben zu lassen. Aber was ist gut? Was ist böse? Die Frage nach Wert oder Unwert ist doch heute eine abgetane Sache? An ihre Stelle tritt die Quoten-Frage des Fernsehens: Wer oder was kann auf die höchste Zuseherzahl verweisen?

Lassen wir uns von Trompetern nicht verwirren. Die folgenden Zeilen könnten wie ein Blick in einen heilsamen Spiegel sein, der uns klar macht, auf welcher Seite wir stehen. Auch der Mensch im dritten Jahrtausend darf kritischen Geist, Herz und Gemüt, Verantwortung und Gemeinschafts-Sinn … und Anstand … nicht den seelenlosen Computern überlassen.

Das wünscht
mit herzlichen Grüßen
Alois Tampier

KRITISCHES

Das Leben bringt an jedem Tag ein buntes Allerlei.
Wie immer auch ein Ding vom andern ganz verschieden sei,
du wirst auf jedes deiner Art entsprechend reagieren,
vielleicht auch dies und das in dein Gedächtnis einsortieren.

Der Weg ins Bequeme ist breit,
ihn wählen, ist selten gescheit.

Nervösen ist alles zu lang,
den Denkern macht Eiltempo bang.

Der Supermarkt blüht und gedeiht,
die Wege sind zeitraubend weit.

Der Greißler war nicht sehr modern,
die Älteren hatten ihn gern.

Der Greißler war vielen zu teuer,
sein Fehlen wirkt nun nicht geheuer.

Beschwere mit Mengen den Magen ...
nur Ausnahmen kann er ertragen.

Ein ständiges Scheuern und Putzen
bedeutet: die Umwelt verschmutzen.

Die Müllabfuhr-Männer bewahren
die Stadt vor Erstickungsgefahren.

Die Lunge erkrankt durch den Staub,
das Ohr wird vom Discolärm taub.

Was Augen das gräßliche Flimmern,
ist Ohren das Heulen und Wimmern.

Daß blendende Lichter nicht taugen,
das wissen geschädigte Augen.

Was Stieren das rötliche Tuch,
ist Feinden der Ruhe das Buch.

Die Frechen umjubeln das Böse
mit medienstarkem Getöse.

Die Demokratie wird geschätzt,
wenn wir sie zu Tode gehetzt.

Umschmeichelte zahlen die Zechen
für ihre verhätschelten Schwächen.

Herr X bekommt Subvention
für Spott auf die Religion.

Der Sättigungsgrad ist erreicht,
wenn Freude der Sinnfrage weicht.

Halte in allem das Maß,
sonst wirst du den Süchten zum Fraß!

Gefallen ist jedes Tabu,
die Wüste der Seele nimmt zu.

Mensch ohne liebendes Du
wandert dem Vakuum zu.

Das Wesentliche kurz zu sagen zählt zur großen Kunst.
Doch ist nicht alles Lange nur der Länge wegen Dunst.

Wer kennt das Märchen von des Kaisers neuen Kleidern?
Auch jetzt sind Gauner, die an gleichem Trugnetz schneidern.

Die in der Werbung nach den Schundplakaten greifen,
sie finden Gucker, die genüßlich Beifallszoten pfeifen.

Auch wenn an Heiligem ein „Kunstwerk" sich vergeht ...
wer will als einer gelten, der vom „Kunstwerk" nichts versteht?

Gar viele werden bei Skandalberichten sehr erbost,
doch auch erfreut ... sie sind für ihren Eigenmist ein Trost.

Die Sorge um Kultur und Sicherheit besteht zu Recht.
Um Ausputz für verschmutzte Sprache steht es schlecht.

Bei „Rot" den Wagen einzubremsen ist Verkehrsgebot.
Des Lebens Hektik einzudämmen tut viel mehr noch not.

Bei Nebel werden alle Klugen rasch das Tempo senken.
Ein Wilder macht zuschanden aller Klugen Denken.

Das Land hat Furcht vor Banden, die es frech bedrohen,
und züchtet Stätten, wo die Menschen arg verrohen.

Es ist kein Sport, wo nicht die Freude, nur das Rohe zählt.
Die Hintermänner haben Sport als Aushängschild gewählt.

Der Menschheit Sehnsucht, fliegen können, ist gestillt.
Doch Grenzen zu bejahen, ist ihr Denken nicht gewillt.

Der Maulwurf sagt: „Ich hab' am Himmel nichts verloren."
Vom Menschen nachgeplappert, macht es ihn zum Toren.

Die wahre Freiheit meint das Frei-Sein für das Gute.
In solcher Freiheit ist erlösten Menschen wohl zumute.

Wer für sein Selbstbewußtsein Lobeshymnen braucht,
der wird von Schmeichlern in ein Lügenbad getaucht.

In Jesu Augen war der Witwe Groschenstück nicht klein.
Das rechte Urteil über Opfer fällt nur Gott allein.

Daß in der Kirche Menschen sind mit Häßlichkeiten,
das darf uns nicht zum Meiden ihrer Lebenskraft verleiten.

Zu Jesus ja, zur Kirche nein, das ist ein altes Wort.
Doch ohne Kirchen lebte Jesus nicht als Gottmensch fort.

In Hast hast du vieles begonnen,
das ebenso schnell dir zerronnen.
Doch einiges ist dir gelungen,
wenn du dich der Stille verdungen.

Wer ernst in ein Buch sich vertieft,
hat Freude am Lesen verbrieft.
Wer alles nur kurz überflogen,
hat dämlich sich selber betrogen.

Wenn achtlos in Schulden wir sinken,
weil Glücksspiele tröstend uns winken ...
es ist ein gefährliches Hoffen,
darin sind schon manche ersoffen.

Tarockspieler wissen es schon,
wie risikoreich der Talon.
Zuerst auf Vorhandenes schauen!
Dem Glück nur als Beigabe trauen!

Auf Stimmfang berechnende Reden
zerplatzen in kürzester Zeit.
Doch wo ist das Volk, das die Ohren
der redlichen Offenheit leiht?

Wie Katzen mit samtweichen Pfoten
umspielen dich Spötter mit Zoten.
Doch sollte es dir nicht gefallen,
dann zeigen sie alle die Krallen.

Die Tiere sind Tiere, sie fressen.
Die Menschen sind Menschen, sie essen.
Wer dürfte es anders auch sagen?
Zum Glück können Tiere nicht fragen!

Die Schaulust hat Gladiatoren
zu tödlichen Spielen getrieben.
Ein feineres Wort ist erkoren ...
Die Sache ist leider geblieben.

Der Sänger mit schallender Stimme
ist über den Platz hin zu hören.
Er muß als Ersatz für den Wohllaut
mit Donner die Hörer betören.

Die „Stars“ sind ein buntes Gewimmel
und scheinbar im siebenten Himmel.
Wer macht einen Menschen zum Star?
Den Denkenden wird es gewahr.

Folklore und allerlei Bräuche
sind Umfeld der kirchlichen Feste.
Nicht viel zwar, doch wollen wir höflich
sie deuten als freundliche Geste.

Die Ehe sei schuld am Zerbrechen
der vorhin so blühenden Liebe?
Es liegt an vertrockneten Bächen,
an Wüste im Alltagsgetriebe.

Die schönsten Bilder bleiben unverkauft,
solang der Maler noch um Geltung rauft.
Um höchste Preise werden sie erworben,
die Bilder, deren Künstler längst gestorben.

Wo nur Erfolg und Geldgedanken gelten,
da wird man Seelisches als störend schelten.
Vergeblich schreit das Herz nach Menschenwürde.
Das Geld springt spöttisch über solche Hürde.

Als Eitelkeit läßt sich bei vielen Leuten
das Nein zum Dialog mit andern deuten
und auch als Angst, sie könnten etwas hören,
was ihre Vorurteile würde stören.

Zufriedenheit kann eine Tugend sein,
wenn sie das Fehlen jeder Gier bedeutet.
Doch hat sie einen widerlichen Schein,
wenn sie als Teilnahmslosigkeit sich häutet.

Lügen mußt du auch verzeihen,
das verlangt des Herrn Gebot.
Mit der Furcht vor nächster Lüge
hast du deine liebe Not.

Ein wirksames Vergißmeinnicht
sind echte Abschiedstränen.
Sie perlen fort und mahnen schlicht,
nach Heimkehr sich zu sehnen.

Auch wenn dich nicht die Liebe mahnt,
so wenigstens die Pflicht.
Das Gute sei nicht ungescheh'n,
weil es am Plus gebricht.

„Mit Musik geht alles besser",
freute einstens allerorts.
Doch das wilde Konsumieren
ist nur Fratze dieses Worts.

Nicht jede Zahl ist teilbar,
nicht jede Krankheit heilbar,
nicht jeder Wunsch erfüllbar,
nicht jede Tat verhüllbar.

Nur wachsame Seelen
verstehen zu wählen:
im Wort oder Schweigen
die Liebe zu zeigen.

Die Bibel ist Geschichte
von ungeheurer Dichte.
Sie ist Papier geblieben,
wenn wir nur Lettern lieben.

Die Wahrheit kann man nicht besitzen.
Sie will nach Jesu Wort ein Tun.
Besitzer möchten ungestört
und fraglos auf den Gütern ruhn.

Welch heimlich tiefe Trauer:
Ich bin von kurzer Dauer.
Welch wundersames Kissen:
Von Ewigen zu wissen.

Wenn um die kleinen Zeilen
sich etwas Gutes rankt,
dann hat ein solcher Efeu
mir überreich gedankt.

WAS DAS ANTLITZ PRÄGT

Reden

Lustlos Gesagtes geht unter,
lebhafte Rede macht munter.

Es findet zum Du allerorten
der Austausch von freundlichen Worten.

Der Weise bleibt mancherorts stumm.
Wer überall redet, ist dumm.

Es hat auch die mutigste Predigt
bei löchrigem Ohr sich erledigt.

Der Mob liebt das stinkende Wort,
es wälzt sich im Bilderland fort.

Die Wahrheit steht aufrecht und tief,
die Lüge im Seichten und schief.

Die Worte sind Wohltat, sind Plage ...
nach Zuhörers seelischer Lage.

Die Worte sind keinem zum Segen,
wenn falschen Verdacht sie erregen.

Es kann auch ein wortloses Beten
die himmlischen Räume betreten.

Wort Gottes ist gärender Wein,
bringt rettende Reife uns ein.

Schreien

Die Megaphonsänger
sind schlimme Bedränger
empfindsamer Ohren.

Die Gänse ergattern
mit lautstarkem Schnattern
die Neugier der Stillen.

Der Schreier Grimassen ...
Hysterische Massen ...
Ende des Denkens.

Die Schreier gedeihen,
wenn wir ihnen leihen
ein süchtiges Ohr.

Ein Schrei aus Erschrecken
ist schrilles Erwecken
der Frage: Was ist?

In Krankenhauszimmern
geht über in Wimmern
der kraftlose Schrei.

Im Schweigen Gequälter,
als Nummern Gezählter
sind schreiende Augen.

Dem Schrei ist im Leben
das Anrecht zu geben
bei Notruf um Hilfe.

Lachen

Es ist unser Lachen
ein schnelles Erwachen
aus tierischem Ernst.

Ein Lachen wird klingen,
wenn Märchen gelingen
in trostlosem Grau.

Die törichten Sachen
weckt geistreich zum Lachen
der Kabarettist.

Dem Lacher ist eigen,
die Zähne zu zeigen ...,
gar oft als Sadist.

Lächeln

Es kann unser Lächeln
den andern umfächeln
wie wärmender Gruß.

Mit Lächeln verachten,
was andere dachten,
ist Lob seiner selbst.

Das Lächeln kennt beides:
Ob Liebes, ob Leides,
das klärt der Kontext.

Es sieht auf die Werke
der menschlichen Stärke
ein lächelnder Gott.

Verlachen

Mit Lachen verspotten,
aus Kisten der Motten,
kommt Schmutzfinken zu.

Auf daß einer tauche
in sprachliche Jauche,
sind Lachende da.

Den Namen bewitzeln
mit Lachen bekitzeln,
ist Rufmord als Spiel.

Weinen

Es sind nasse Augen
ein heimliches Laugen
der inneren Not.

Der Tränen sich schämen,
heißt sinnwidrig lähmen
die Antwort des Herzens.

Das Weinen will heilen,
daß wir nicht verweilen
im Dunkel der Zeit.

Es werden die einen
aus Mitfühlen weinen,
die andern aus Pflicht.

Die Schauspielertränen
sind wohl zu erwähnen
als Kunst im Gemüt.

Berechnendes Weinen
ist nicht zu vereinen
mit ehrlicher Art.

Die Tränen der Reue
sind wahre, doch scheue
Gebete zu Gott.

Bereuende Tränen
gebären das Sehnen
nach rettendem Gott.

Schweigen

Freche Schwindler werden immer siegen,
wenn verschämt der Einfalt Opfer schweigen.
An dem Mut der Wachen wird es liegen,
alle krummen Wege aufzuzeigen.

Auf Nummer Sicher geht man, dort zu schweigen,
wo ein Geschädigter nach Zeugen sucht.
Was Klugheit scheint, ist doch nur Art der Feigen.
Wie Fahrerflucht wird es mit Recht gebucht.

Ins Schweigen hat aus Klugheit sich versteckt,
wer heimlich Gutes oder Böses plant.
Der Blick ins Auge hat nichts aufgedeckt.
Doch nachher hatten alle es geahnt.

Schweigen ist das Ohr der edlen Geister,
helles Hören einer wachen Seele,
daß sie trotz Geschrei der Hexenmeister
Geist aus schöpferischer Stille wähle.

Die Gottesfrage einfach zu verschweigen,
schien vielen als ein einigendes Band.
Doch ward damit der Boden preisgegeben,
in dem sich aller Menschen Urgrund fand.

Schlafen

Ein ruhiges Schlafen
ist rettender Hafen
versinkendem Mut.

Es rächt sich am Morgen,
wenn unnützen Sorgen
du opferst den Schlaf.

Gesellige Runden
zu Schlafräuber-Stunden
sind manchmal Gewinn.

Für geistreiches Plaudern
verschenkst ohne Zaudern
du kostbaren Schlaf.

Wir sind nicht die Sklaven
von Schlafparagraphen,
die Klugheit gleicht aus.

Sich einmal verschlafen,
das ist auch den Braven
ein Spaß auf die Pflicht.

Wer schlafend sich stellt,
der geht, wenn es schellt,
kein Risiko ein.

Willkommene Gäste
bereiten uns Feste.
Wer denkt da an Schlaf?

Die ahnungslos Guten
erleiden die Ruten
für strafbaren Schlaf.

Der Achtlosen Dösen
ist lauernden Bösen
der Weg zur Gewalt.

Umschlichenen Schafen
sind Hirten, die schlafen,
ein Freibrief dem Wolf.

Die sichere Wende
zur Ruh' ohne Ende
besorgt Bruder Tod.

Wortspiel

Ein Wortspiel bleibt hängen,
kann leichter verdrängen
die formlosen Sätze.

Das Spiel mit den Worten
hat offene Pforten
zu rätselnder Deutung.

Das Wortspiel ist selten
Garant für die Klarheit.
Im Schlichten ist Wahrheit.

Ein Wortspiel beim Streiten
kann oftmals verleiten,
mit Scheinsieg zu prahlen.

Den Spürsinn verlieren,
aus Lust am Frappieren,
ist Tücke des Wortspiels.

Segen

Was innerlich dein Herz bewegt,
das ist im Antlitz ausgeprägt.
Ist es der Güte zugetan,
dann kommt als Segenstat es an.

GEHEN ALLE LEHREN INS LEERE?

Tödlicher Schlaf

„Gebt Brot uns und Spiele!"
So riefen die Massen.
Und Rom schenkte beides
und leerte die Kassen.

Noch flossen Tribute
aus sämtlichen Zonen,
noch bangten die Völker
vor Roms Legionen.

Noch schafften die Sklaven,
noch blühte der Handel.
Doch langsam und lautlos
vollzog sich der Wandel.

Die klugen Besiegten
begannen zu fragen:
Warum denn so furchtsam
die Römer ertragen?

Wer schützt ihre Grenzen,
bestellt ihre Felder,
wer schafft ihren Wohlstand
und Wert ihrer Gelder?

Mit Fremden und Söldnern
das Reich zu bewahren,
das mußten die Herren
als Irrtum erfahren.

Sie schliefen zu lange
auf wohligen Kissen.
Das Reich ward von innen
und außen zerrissen.

Ethik

Parteien rufen nach dem Ethikunterricht,
denn ungemütlich wächst die Gruppe der Vandalen.
Gar vielen steht Brutalität schon im Gesicht,
da kann wohl keiner mehr die Zukunft rosig malen.

Der Ruf nach Ethik ist aus großer Angst geboren.
Doch ohne Gottesfurcht hat Ethik kein Gewicht
und hat der Mensch für Menschenwürde keine Ohren.
Das Nein zu Gott wird aller Menschheit zum Gericht.

Die wahre Gefahr

Das Schleichen der Schlangen
erweckt in uns Bangen.
Das wendige Schmeicheln
in hymnischen Lügen
bereitet Vergnügen.
Die Menschen verkennen
die wahre Gefahr.

Wissen

Hilfe kann in vielen Dingen
nur den Wissenden gelingen.
Wer das Wissen nur als Macht betrachtet
und den schuldlos kleinen Mann verachtet,
weiß nicht um des Wissens wahre Sendung.
Was immer auch durch Wissen staunenswert gelingt,
vom Bösen ist es, wenn es nur Zerstörung bringt.
Wenn dem Wissen sich Gewissen zugesellt,
dann wird Wissen, dienend, Wohltat für die Welt.

Die Falle

Ob Hase, Igel, ob Fasan,
sie kennen nicht die Autobahn
als Falle für den schnellen Tod.

Manch Autofahrern gleicherweise
wird Raserei zur letzten Reise,
die ohne Ausfahrtszeichen endet.

Von Warnung ... wer fühlt sich betroffen?
Vom Toren läßt sich nicht erhoffen,
daß er auf weise Worte hört.

Ob Hase, Igel, ob Fasan,
ob Mensch in seinem Tempowahn,
sie landen in der gleichen Falle.

Hahnenschrei

Durch Hahnenschrei war ein sensibler Herr vom Schlaf geweckt.
Er klagte die Besitzerin, so daß sie zahlen mußte.
Justitia hat lächelnd eine Weile sich versteckt.
Ein dummer Fall, weil Ruhestörer Hahn davon nichts wußte.

Es wäre einzureih'n in „Heiteres Bezirksgericht".
Es sind nicht arg verletzte Paragraphen zu beklagen.
Kamele schlucken, Mücken seihen, das gefällt uns nicht.
Wir müssen ungeschützt der Menschen Lärm und Krach ertragen.

Teamgeist

Wenn er auch den Ruhm genießt,
daß er manche Tore schießt,
ohne Teamgeist wird er schlecht
echtem Fußballspiel gerecht.

Wer aus Ehrgeiz nur allein
alle Tore schießen will,
wird dem Spiel ein Schaden sein,
und es wird um ihn bald still.

Nur im Zueinander-Spielen
und in aller Sportlergeist
wird das Tor zur Frucht von vielen,
wie Erfahrung uns beweist.

Ist das nur im Fußball so?
Gilt das nicht auch anderswo?
Nur im Zuspiel aller Guten
läßt sich Blühendes vermuten.

Wer die Wahl hat ...

Am Obst- und am Gemüsemarkt ist es erlaubt,
die Früchte händisch prüfend in den Korb zu geben.
Zwar wird durch viele Hände jedes Ding entstaubt,
doch wird an jedem auch ein Fingerabdruck kleben.

Es steht zur Wahl: Soll nur der Händler es berühren
und ohne eig'ne Prüfung in den Korb mir legen?
Das zweite: Werde ich noch Appetit verspüren,
wenn abgegriff'ne Dinge Unlust mir erregen?

Der Wähler hat die Qual, sie liefert den Beweis:
Auch Freiheit hat zwei Seiten, hat auch ihren Preis.
Ob so, ob so, was auch im Korb und in den Taschen,
in jedem Fall empfiehlt es sich: die Dinge waschen.

Bedrohte Umwelt

Landauf, landab zieh'n Umweltschützer
und künden ihre Schutzparolen
und vieles wird, die Welt zu retten,
als dringlichstes Gebot empfohlen.

Doch nur, was keine Opfer kostet,
hat Aussicht, auch getan zu werden.
Verzichten, sparen, reduzieren,
es wächst die Liste der Beschwerden.

Und jeder will das Recht auf Leben
ganz ohne Vormund für sich nützen.
Die zügellos die Freiheit fordern,
sie werden kaum die Schützer stützen.

Zur rechten Zeit die Opfer bringen,
ist selten nur dem Volk gelungen.
Was Einsicht hätte bringen sollen,
wird nur durch höchste Not erzwungen.

Sie geben alle Schuld dem Schöpfer,
daß er die Welt so schlecht erschaffen.
Das ist die Art bequemer Lümmel.
Auch unter uns sind solche Laffen.

Und immer weiter ...

Ein richtiger Winter!
Auf Altschnee fiel Neuschnee.
Die Pisten sind bestens.
Mit vollen Gondeln
fährt Wintertourismus.

Frau Holle verschläft,
verweigert beharrlich,
das Weiß auszuschütteln. –
Aus Schneekanonen
schießt künstlicher Schnee
und wieder wird's möglich.

Im prallen Sommer
laden die Gletscher
zum Wintersport ein.

Wer grünen Hängen
die Vorliebe schenkt,
kann immer noch wechseln
auf Gras-Ski-Fahren.

Als letzter Schrei
der Phantasie:
der Hallen-Ski?

Buch der Rekorde

Das Buch der Rekorde ist niemals zu Ende.
Denn ständig gelingt einem Streber die Wende
zu größerer Leistung in kürzerer Zeit
und anders: gen Müdigkeit länger gefeit.

Die Sieger erscheinen im Buch mit dem Namen
und löschen dann aus, die ihn früher bekamen.
Gar hochnäsig spottet man über das Buch,
denn mancher Rekord hat verdächtigen Ruch.

Wer wird schon das Mühen um Läppisches loben
und Dinge bestaunen, die gänzlich verschroben?!
Doch rate ich Vorsicht vor hartem Gericht.
Das Buch wirkt erheiternd, und fad ist es nicht.

Wenn nur nicht Rekorde an schlemmendem Leben
als Beispiele menschlichen Werts angegeben,
dann lassen wir drolligen Späßen den Lauf.
Im Hirn hört Rekordsucht aus eigenem auf.

Tönen

In tiefblonden Haaren
entdeckt sie nach Jahren
betrübliche Zeichen:
Die Farben entweichen.

Zuerst ein Grau.
Bei späterer Schau
in richtiges Weiß …
das Haar im Verschleiß!

Das weißliche Höhnen
durch kunstvolles Tönen
zum Schwinden zu bringen,
war leichtes Gelingen.

Doch groß war die Plage,
durch alle die Tage
im Färben der weißen
die Angst zu verbeißen.

Die Wandlung kommt leise.
Das Weiß macht sie weise:
„Ich meide das Tönen
aus Liebe zum Schönen."

Der Spiegel

Aus Neugier auf die Reize deines Angesichts
schaust immer wieder du in einen klaren Spiegel.
Und es genügt dir schon ein Quentchen guten Lichts
und du verleihst dir selber gleich das Schönheitssiegel.

Die Neugier auf das Aussehn deines Innern schweigt.
So meidest du den Blick in den Gewissensspiegel.
Das Tor zum Licht, das dir den Innenzustand zeigt,
verschließt die Diagnosefurcht mit einem Riegel.

Doch nur der Mut zur vollen Wahrheit macht dich frei.
Der Täuschung deiner selbst kommt das Gewissen bei.

Die einfache Lösung

Das Stadion war ausverkauft, zum Bersten voll,
für Fußballfans ein spannend großer Länderkampf.
Die Arrangeure triumphierten: „Einfach toll!
Der Sport zieht immer, macht die Werbung richtig Dampf.“

Beängstigende Schwüle kroch ins Stadion,
und manchem Polizisten war nicht wohl zumute.
Es ging im Spiel ja um den Sieg der Nation,
da kocht ein wilder Fanatismus schnell im Blute.

Gezielt war mehr als sonst Verstärkung eingetroffen,
in Fragen Sicherheit, da gilt kein Sparprogramm.
So war nach der erprobten Strategie zu hoffen,
die Randalierer würden scheitern an dem Damm.

Ein rauschendes Gebrüll, in Worte nicht zu fassen,
ließ aus den Köpfen alle guten Geister fliehn.
Der Pro-und-contra-Schrei entfesselte die Massen.
Wer kann sich schon der Massenhysterie entziehn?

Das Spiel verlief zum Glück gerecht auf unentschieden.
Es gab auf beiden Seiten ein paar Leichtverletzte.
Der Polizisten Sieg! Sie waren sehr zufrieden,
bloß hieß es im Bericht: „Wir waren wie Gehetzte.“

Verglichen mit Exzessen einer frühen Zeit,
war stolze Freude da, es gab ja keine Toten.
Wie rührend ist doch diese Art Zufriedenheit:
„Mehr Polizei! Kein Wort von Gottes Zehn Geboten!“

Die Mode

Wer keinen Sinn mehr hat für Schick und Mode,
der gilt als alt und geistig schon marode.
Er führt ein hinterwäldlerisches Sein
und fügt sich Eigenbrötler nirgends ein.

Fast wie ein Dogma gilt es den Modernen.
Sie sind der Zeit voraus und nur sie lernen
beständig aus dem Trend der schnellen Zeiten,
die Werbung für die nächste Mode zu bereiten.

Und durch ihr meisterhaftes Ausposaunen
versetzen sie Naive stets in Staunen.
Es darf das Neue keiner überseh'n,
will er erfolgreich in die Zukunft geh'n.

Im Vordergrund der Mode steh'n die Kleider.
Die Kleider machen Leute ... und auch Neider.
Wer hat das schönste Kleid im ganzen Land?
Als Antwort ist das Modekleid zur Hand.

Und viele Illustrierte sind gespeist
von solchen Kleiderfragen, und es weist
sich Mode auch als Wirtschaftsfaktor aus.
Den Kleiderpreis bestimmt das Modenhaus.

Die Jugend liebt ein freieres Gebaren
und nicht die Diktatur der Modezaren.
Sie liebt gebraucht Erscheinendes, zerschlissen,
und manchmal wie durch Rauferei zerrissen.

Und ein Emblem auf ihren Kleiderstücken,
ein rotes Herz, ein Name zum Entzücken.
Es wirkt das alles wie ein Schrei: Schaut her!
Wir sind auch ohne Mode wirklich wer.

Die Jugend bringe ihre Späße ein!
Mit wahrer Freiheit hat das nichts gemein.
Das Echte weiß dem Schönen sich verpflichtet,
ein dauernd Häßliches ist schon gerichtet.

Der Wunsch, durch schöne Kleider zu gefallen,
ist wohl der allerälteste von allen.
Zum nackten Leib als Schönheit der Natur
kommt Kleiderschönheit als ein Stück Kultur.

Es irrt, wer nur an Kleidermode denkt.
Das Wort ist nicht auf Kleider eingeschränkt.
Wie Mode webt der Zeitgeist unser Leben,
ob schön, ob häßlich wird sich bald ergeben.

Lob der Langsamkeit

Als es noch keine Brummer gab,
die uns die schwersten Lasten bringen,
da mußte man für den Transport
das starke Pferdefuhrwerk dingen.

Vom Pinzgau stammten sie, die Pferde,
die sich als beste Zieher fanden
und trotz der Schwere ihrer Lasten
so manche Steigung überwanden.

Doch einmal habe ich erlebt,
daß ihnen, die von Kraft nur strotzten
– worin ihr Ruhm begründet lag –
die Tücken eines Berges trotzten.

Der Fehler aber lag beim Kutscher.
Er hielt am Fuß des Berges Rast,
damit die Pferde, ausgeruht,
beschwingter zögen ihre Last.

Doch Schwung am Fuß der Steigung finden,
so ohne Anlauf – ruck, zuck, zuck –
die Pferde pusteten und stöhnten,
am Wagen gab es keinen Ruck.

Der Kutscher, der sich heiser fluchte,
begann dann endlich umzudenken
und einem guten Rat von Bauern
gedemütigt Gehör zu schenken.

„Wir leihen dir ein Ochsenpaar,
an Zugkraft kommt ihm keines gleich.“
Gesagt, getan! Im Schneckentempo
gelang der wundersame Streich.

Und die Moral von der Geschichte:
Die wohl bedachte Langsamkeit
ist fürs Gelingen mancher Werke
Gewinn und nicht verlor'ne Zeit.

Athene

Kuhäugig nannten ihre Bürger
die Göttin ihrer Stadt, Athene.
Ein Rätsel, wenn ich alles Rühmen
der Künstler von Athen erwähne.

Wo blieb da wohl ihr Schönheitssinn,
daß sie die Kuh als Gleichnis nahmen,
wo doch die Werke ihrer Kunst
das höchste Lob der Welt bekamen?

Die Frage stellt ein schlechtes Zeugnis
Verächtern des Vergleiches aus.
Wer sieht, dem leuchtet aus der Schöpfung
des Schöpfers Schönheitsschrift heraus.

Die Lilien des Feldes waren
an Webart allem überlegen,
was König Salomon an Kleidern
dem Kunstwerk Gottes hielt entgegen.

Der Weisheit Göttin war Athene,
verehrt mit Augen einer Kuh.
Sei weise! Wende dein Erstaunen
der Schönheit aller Augen zu!

Die Grenzen

Die Menschen waren starr vor Staunen,
als um die Welt der Sputnik kreiste.
Der Geist verstieg sich zu dem Raunen,
daß er dem Schöpfer gleich was leiste.

Die Freude über das Gelingen
ermunterte zu Weltraumflügen.
Und Menschen auf den Mond zu bringen,
genoß die Welt in vollen Zügen.

Und dies mit Recht! Denn daß die Erde
vom Mond aus einst gesichtet werde,
das mußte wie ein Märchen klingen
und konnte nur ein Lächeln bringen.

Der Mann im Monde wurde Wahrheit.
Wir sahen zwei in voller Klarheit
wie Leichtgewicht das Schwere lüpfen
und statt zu schreiten, spaßig hüpfen.

Der Flug zum Mond und heil zurück
erschien den Menschen wie ein Stück
vom Traum des Greifens nach den Sternen ...
Triumphgesang besiegter Fernen.

Doch Weltallplänen setzt die Zeit,
die Lebenszeit der Erdenbürger,
die Grenzen ihrer Möglichkeit;
die kurze Spanne ist ihr Würger.

Ins tiefe Weltall zu gelangen ...
es braucht an Jahren Millionen.
Wer soll die Botschaft dann empfangen
in fernsten Generationen?

In diese unsre kleine Welt
hat uns der Schöpfergeist gestellt.
Der Erde soll das Sorgen gelten,
der schönsten unter allen Welten.

Die Erde, der Planet in Blau,
wie ihn die Astronauten seh'n,
ist schon bedroht von bösem Grau.
Laßt Farbe Blau nicht untergeh'n!

Der Regen

Wenn Wälder und Felder
vom Winter genesen
und durstendes Erdreich
den Regen erwartet
und wenn der Ersehnte
in schrecklichen Güssen
aus berstenden Wolken
das Land überschüttet,
dann rauben die Wasser
das lockere Erdreich
in jagender Eile.
Der Boden bleibt trocken
und schlimmer als vorher.

Doch wenn der Ersehnte
in freundlichem Rieseln
dem Boden sich hingibt
und Stunden und Tage
behutsam und sachte
um Aufnahme bittet,
dann ist die Vermählung
von Erde und Regen
ein wonniger Vorgang
und nun kann es werden:
das Grünen und Wachsen,
das Sprossen und Blühen
und Reifen zur Ernte. –

Seit uralten Zeiten
sehen die Menschen
das Beispiel des Regens …
Sehende Blinde.

Gewandelte Ansicht

Wir nahmen Granit
in Form kleiner Würfel
und legten mit ihnen
den Gartenweg aus.
Die kleinen Fugen
zwischen den Steinen
füllten wir sorgsam
mit Gartenerde.
Zement war verboten;
denn unser Garten
sollte ja richtig
gärtnerisch wirken.

Doch bald sproß das Grün
aus fruchtbaren Fugen,
wir jäteten ständig
das feindliche Gras,
verdrossen, müde.
Müdigkeit aber
brachte die Lösung:
Ach ja, es sollte
der Weg in dem Garten
gartengerecht sein ...
Herrliches Grünen
zwischen den Steinen!

Die größere Leistung

Ich öffne die Fenster
des Zimmers gen Süden
und lasse die Sonne
des Frühlings herein.

Dann sitz' ich behaglich
mit schützender Brille
im handlichen Lehnstuhl,
vertieft in ein Buch.

Im Rückblick am Abend
kommt kritisch die Frage
nach meßbarer Leistung.
Da sage ich kühn:

Ich habe getan,
was mehr ist als Tun.
Ich habe die Kunst
des Bedenkens geübt.

Den Rauchern

Die Schädlichkeit des Rauchens ist doch wohl bekannt,
und von den Ärzten werden alle Folgen klar genannt.
Als Gegenargument erschallt in jovialem Ton:
Ob Rauchen oder nicht, vor keinem läuft der Tod davon.

Der Schluß erscheint vom Wortlaut her gediegen.
Das Sterben aller stimmt, doch hat es ganz verschwiegen,
was folgt an eignen und an fremden Leiden.
Es gilt, den Ruß der Atemwege aller zu vermeiden.

Ameisen

Die Ameisen laufen
und bauen den Haufen
und schleppen die Lasten.
Und ohne ein Rasten
und Ruhen zu kennen,
in fieberndem Rennen,
in Arbeit und Plage
vergehn ihre Tage.

Die Feinde zu wehren,
die Kinder zu nähren,
den Vorrat zu sammeln
und gut zu verrammeln
ist Ameisenleben. –
Doch uns ist gegeben,
den Sinn zu ergründen
und Neues zu künden.

Die Furcht des Gefürchteten

Es war ein Bub, der fürchtete sich sehr,
sooft ein Rauchfangkehrer kam daher.
Denn dieser war zur Zeit vom Kopf zum Fuß
wie Aschenputtel voll bedeckt mit Ruß.

Vor seinem Antlitz nahm er stets Reißaus,
und lang genug blieb er versteckt im Haus,
bis sicher die Gefahr vorüber war ...
als er auf einmal die Idee gebar:

Ich werde auch einmal ein Rauchfangkehrer.
Der ist gefürchtet, mehr als ein Herr Lehrer.
Das wäscht mich von der Schmach des Fürchtens rein.
Die Furcht vor mir wird meine Rache sein.

Es stimmt, so widersprüchlich es auch klingt,
daß es den Angstbesessenen gelingt,
„Gefürchtet-Sein“ als höchstes Ziel zu sehn. –
Tyrannengeist ist derart zu verstehn.

Papagei

Er erheitert unser Ohr,
denn er trägt die Sprüche vor,
so, wie sie die Menschen sagen,
ohne nach dem Sinn zu fragen.

Wird der Mensch zum Papagei,
ist die Heiterkeit vorbei.
Schöner Mund, der uns entzückt,
macht durch Plapperei verrückt.

Schenken

Ein Geschenk, das verpflichtet,
das ist schon gerichtet
als Lüge im Namen.

Das Schenken erwächst
in selbstloser Liebe
und nicht im Geschiebe
berechneten Nutzens.

Das berechnende Denken
ist Hohn auf das Schenken.
Es bedeutet: das Tauschen
zum Schenken aufbauschen.

Und dennoch ...

Sich waschen, ohne naß zu werden,
gelingt den Schwindlern mit Gebärden.
Viel reden, ohne was zu sagen,
die Schwätzer tun es mit Behagen.

Ob Liebliches, ob Zorngrimassen,
sie richten sich nach Wunsch der Massen.
Vom Wort genügt der schöne Klang,
die Wahrheit hat ja keinen Rang.

Doch anders endet das Gedicht:
Es gibt die Nacht, es gibt das Licht.
Es gibt auch Menschen, die es wagen,
das Echte in die Welt zu tragen.

Vergänglichkeit

Wenn Journalisten eine Frau zur Frau des Jahres wählen
und zur Begründung viel Geschmackiges erzählen,
wenn andere den besten Sportler aller Zeiten preisen
und dies mit Zahlen und Vergleichen irrtumsfrei beweisen,
wenn Spitzenwerte als das Nonplusultra sind beschrieben,
dann frag nach einem Jahr, wieviel davon zu Recht geblieben.

Einklang in Vielfalt

Eines schickt sich nicht für alle.
Jeder trägt das Seine bei,
daß das Leben nicht verfalle
in ein graues Einerlei.

Jedes Instrument hat Wert,
ordnet es sich ein ins Spiel.
Bunte Vielfalt im Konzert
hat den Einklang als ihr Ziel.

Sind in Völkern auch verschieden
Sitten, Sprache und Kultur,
alle eint der Wunsch nach Frieden.
Bleibt dem Einklang auf der Spur!

Die Deutung

Ich habe geträumt,
ich hätte versäumt
eine wichtige Prüfung.

Die Träume zu deuten,
gilt viel bei den Leuten
das Traumdeutebuch.

Da stehen wohl Sachen,
die schwindelig machen
in beiderlei Richtung.

Bald Warnung vor Tücken,
bald Sätze, die schmücken
als Glückspilz dich aus.

Aus dem zu ergründen,
was wirklich sie künden,
verweigert Sibylle.

Doch glücklicherweise
gewann ich die Reise
ins Traumdeuteland.

Nicht draußen, nein, drinnen
beginnt das Besinnen
auf Botschaft des Traumes.

Es sind uns're Träume
nicht sinnlose Schäume,
sie sind uns're Spiegel.

Worin sie uns warnen,
nicht feige zu tarnen
die Flucht vor uns selber.

FREUDE,
EINFACH FREUDE …

Erster Urlaubstag

Am Waldesrand,
in wohlig kühlem Schatten
steht eine Bank aus Holz.

Entdeckerlust,
des Urlaubs edle Freundin,
hat sie sogleich erspäht.

Ich sitze still
und lasse mich umfächeln
von duftgewürztem Wind.

Das Auge ruht
im dunklen Grün der Tannen,
das Ohr im Waldkonzert.

Ich atme auf
in neuer Lebensfreude,
in Freude, daß ich bin.

Entspannung

Nach langen Flügen und Fahrten
empfängt mich die Ruhe des Zimmers
im heimelig ländlichen Haus.

Verstummt sind alle Motoren,
ihr Wechsel von Dröhnen und Summen,
ihr Warnen vor steter Gefahr.

Entspannt genieß' ich die Stille.
Ereignislos rinnen die Stunden ...
Ich höre in Freude mein Herz.

Heilende Stille

Mittag im Sommer.
Über dem Kloster
flimmert die Sonne,
brütet das Schweigen.

Kirche und Kreuzgang
sind ohne Beter,
Fliegen nur tanzen
summend im Reigen.

Schattige Ecke.
Sinnendes Schauen
fächelt dem Herzen
labende Kühle.

Selige Stunde
einsamen Weilens
glättet der Wünsche
wirres Gewühle.

Neues Erleben

Es weckte mich der Amsel Melodie
am frühen Morgen, da der Lärm noch ruhte.
Beim zarten Kuß des ersten Sonnenstrahls
war meinem Herzen wundersam zumute.

Vergessen ist, als wär' es nie gewesen,
was gestern trübend auf der Seele lag.
Der Morgen ist wie eine neue Schöpfung,
ich sehe Wunder wie am ersten Tag.

Und neu ergriffen preise ich den Herrn,
der will, daß wir nicht alte Lasten tragen.
Er schafft uns neu, wenn wir in seinem Licht
uns täglich an die große Liebe wagen.

Beglückende Natur

Die Sonne lacht in das verschneite Tal,
in warmen Winden wiegen sich die Wipfel,
auf zaghaft Grünes tropft und gluckst der Schnee.

Vergehn und Werden sind mir keine Qual.
Ob grün, ob weiß, ob Tal, ob Bergesgipfel ...
mich freut, daß ich in Gottes Schöpfung steh.

Frühling

Noch bilden die Äste
ein kahles Gerippe,
noch friert im Erwachen
der morgende Tag.

Und dennoch verkünden
die munteren Sänger
aus klangreichen Kehlen
den nahenden Lenz.

In lautlosem Wachsen
beschaffen die Blätter
den nistenden Vögeln
das schützende Dach.

Sommertag auf dem Land

Es grüßt der Sonne erster Strahl
und kündet neues Leben.
Wer Augen hat, sieht tausendmal
ein wundersames Weben.

Die Gräser trinken kühlen Tau,
der Wind umspielt die Ähren;
die Welt ist bunt, der Himmel blau ...,
Musik in allen Sphären.

Der Abend läßt im Farbenrausch
den Feuerball versinken.
Die Nacht zieht auf und läßt zum Tausch
die gold'nen Sterne winken.

Das Feld verstummt, die Grille schweigt,
im Hause tiefe Stille.
Aus schöpferischer Ruhe steigt
ein morgenfrischer Wille.

Gang durch den Winter

Die enge Straße säumen hohe Tannen,
wie Zucker liegt darauf kristallner Schnee.
Des Winters ganzer Zauber will mich bannen,
daß ich am Glitzern nimmer satt mich seh'.

Bedächtig, um das Reh nicht aufzuschrecken,
durchschreite ich die stille Winterpracht ...
der Ahnung froh, daß unter weißen Decken
schon bald die schlafende Natur erwacht.

Nördliches Land

Der Sommer ist kurz,
und lang sind die Nächte des Winters.

Das Leben erwacht
in späteren Monden als sonstwo.

Die Kürze ist voll
der innigst genossenen Freuden.

Doppelspiel

Der Frühling hat plötzlich vom Winter Besuch.
Auf Feldern und Wäldern liegt frischer Schnee;
die Bäume beklagen die schwere Last
und brechende Äste vermehren ihr Weh.

Doch uns zieht es unwiderstehlich hinaus.
Wir setzen in Fröhlichkeit Fuß auf Fuß
und stapfen Figuren ins weiche Weiß,
für jene, die folgen, als heiteren Gruß.

Der Wandel vollzieht sich in grausamem Spiel:
Der Winter verendet in perlendem Schweiß,
da schlagen dem Frühling und Winter zusamt
die treulosen Herzen, vor Seligkeit heiß.

Wiederkehr

Die Farbenpracht,
die tags uns lacht,
erlischt im Schwarz der Nächte.

Der Rede Quell,
gedankenhell,
versiegt in Schlaf und Träumen.

Von Licht und Geist
wird neu gespeist
der Mensch zu frohem Morgen.

Die Schwalbe

Es schauen die Fenster
ins Häusergewirre.
Kein Baum und kein Garten,
kein Strauch und kein Rasen,

nur flatternde Stückchen
von leichten Papieren
sind sichtbare Zeichen
für wehende Winde. –

Da huscht eine Schwalbe
vorbei an den Fenstern
und trägt mich verzaubernd
ins Land vieler Wunder,

zu duftenden Blumen
und blühenden Bäumen ...,
beglückende Schwalbe,
ich danke dir innig.

Gänseblümchen

Sie geh'n als letzte schlafen
und sind als erste wach,
sobald der Schnee geschmolzen,
das winterliche Dach.

Und manchmal will es scheinen,
sie schliefen gar nicht ein.
Den Winter ernst zu nehmen,
sie fühlen sich zu klein.

Sie brauchen sich nur ducken
und wissen sich geschützt
und flüstern, schelmisch nickend:
„Wie doch das Kleinsein nützt!"

Schneerosen – Rote Rosen

Es waren seit je
die Rosen im Schnee
die Boten des Lebens.

Und blutrote Rosen,
die duftend liebkosen,
die Boten der Liebe.

Die herrlichen roten,
die zartfarbig bleichen
sind alle ein Zeichen:

Von Liebe und Leben
hat Gott uns gegeben
beglückende Botschaft.

Einmal doch ...

In eine Spur von Erde,
den Steinen abgerungen,
hat sich ein Samenkörnlein
vom Tale aufgeschwungen.

Der Felsen knurrt verwarnend:
Du kannst nicht Wurzel fassen!
Auf gnadenlosen Steinen
wirst du dein Leben lassen!

Da kommt die große Antwort:
Wir Pioniere wagen
das Kühnste, um das Leben
in totes Land zu tragen.

Versöhnung

Als eine Biene sich herausnahm, mich zu stechen,
da war ich arg versucht, den Freundschaftsbund zu brechen,
der mich mit ihren lieben Schwesterlein verband,
weil ich den Stich als kriegerischen Akt empfand.

Doch habe ich alsbald des Honigs mich besonnen,
mit dem die Liebe zu den Bienen hat begonnen.
Mir schmeichelnd, habe ich die Rachsucht überwunden:
Die Biene irrte und sie hat mich süß empfunden.

Auf dem Kirschbaum

Kommt das nur vom Kirschenessen,
daß im Auge Feuer sprüht?
Alle Welt ist wie vergessen,
wenn der Ernte-Eifer glüht.

Denn die prallen, roten Kirschen
senden Lockruf Ast für Ast.
Schwankend sich heranzupirschen ...
nur der Turner wird zum Gast.

Kindes Gewalt

Ein kleines Kind,
das noch nicht mehr als „Mama“ lallt,
hat mich erblickt und schaut mich fragend an.

Und wie im Nu
sind ihm durch heimliche Gewalt
mein Herz und meine Augen zugetan.

Als Echo kommt
sein Lächeln, das mich froh erschreckt:
Das Kind hat mich als liebenswert entdeckt!

Verräterische Freude

Dein blitzendes Auge,
Dein schelmischer Mund
verraten bedenklich
den kostbaren Fund.

Du wähnst noch verborgen
Dein heimliches Glück?
Entsprung'nes Geheimnis
kehrt niemals zurück.

Entdeckung

Die Tiefe des Waldes
mit uralten Riesen
birgt heilige Stille.

Ein wonniges Atmen
in duftendem Umkreis
durchrieselt den Körper.

Die Einsamkeit spendet
wie heilender Balsam
Entspannung der Seele.

Das Schweigen der Trommeln
verführender Werbung
schenkt innere Freiheit.

Die Ketten des Wortes
„Man sagt es, man tut es"
zerbrechen im Denken.

Ich ahne das Wahre,
das Gute und Schöne
als Adel des Menschen.

Und mitten im Walde
erlausche ich Worte
aus göttlicher Werbung:

Im Lobpreis des Schöpfers,
im Licht seines Wortes
das Leben zu finden.

Und meine Entdeckung
in Freude zu teilen
mit Brüdern und Schwestern.

Die andere Sprache

Die Sonne hebt sich
über den Bergen
und taucht die Gipfel
mit blendendem Neuschnee
ins Gold ihrer Strahlen.

Dann trifft sie die Hänge
im bunten Gemisch
der herbstlichen Farben
und glitzernden Bächlein.

Über die Täler
breiten sich Schwaden
weißgrauen Nebels.

Die Schutzhütte oben
gewährt mir das Schweifen
in Höhen und Tiefen.

Ich spüre die Ohnmacht
des menschlichen Wortes.
Das ist die Domäne
psalmierender Maler.

Glockenspiel

Ich steh im Turm der vielen Glocken,
in Neugier, wie das klingen soll.
Wenn kleine Abenteuer locken,
ist schon das Warten freudenvoll.

Doch als des Spieles Zeit gekommen,
da nimmt es seltsam seinen Lauf:
Vom Dröhnen bin ich ganz benommen,
wie ein Berauschter lach' ich auf.

Wenn sonst ihr Ton die Seele rühren
und innig ernst mir klingen mag,
wahrhaftig, hier ist nichts zu spüren
als Wucht und Härte, Schlag auf Schlag.

Ist auch das Leben so zu deuten,
daß maßlos Lautes uns erdrückt?
Daß Harmonie, so wie beim Läuten,
nur aus bestimmten Fernen glückt?

Geschenkkerzen

Es sind schon zu viele,
sie müssen hinaus!
Doch sind es Geschenke;
sie bleiben im Haus.

Besuchende Freunde
bezweifeln den Sinn ...
verstaubende Kerzen
sind nie ein Gewinn.

Da hat dieses Spötteln
mir wehe getan.
So zünde ich abends
die Kerzen mir an.

O Milde des Lichtes!
O farbiger Raum!
Konturen der Dinge,
welch mattgold'ner Saum!

Es liegt bei den Kerzen
der Sinn nicht im Sein.
Ihr leuchtendes Sterben
bringt Leben herein.

Licht nach innen

Von Lampen und Spiegeln
das blendende Licht
verleiht allen Dingen
hypnotisch Gewicht.

Was immer im Fenster
zur Schau sich vereint,
liegt so, daß es kostbar
im Brennpunkt erscheint.

Die Dinge am Rande
und die ohne Licht
sind ohne Bedeutung,
sie sind einfach nicht.

Die blendenden Lichter
verdunkeln die Welt,
von friedlichen Kerzen
wird tiefer erhellt.

Ausgleich

Süßer Gedanken
reizende Spiele
künden verlockend
lustvolle Ziele.

Über die klaren,
heilsamen Wege
lachen die Satten
im Wohlstands-Gehege.

Richtender Ausgleich
kommt aus den Früchten:
Glück aus der Klarheit,
Ekel aus Süchten.

Geschenk der Töne

Ein schönes Lied, ein Orgelklang
beschwören jenes Wort „Es werde!“,
das aus dem Chaos Ordnung rief
und eine wohlbestellte Erde.

Denn in vergrämte Seelen bringen
die Töne wieder Harmonie;
was dem Verstand nicht will gelingen,
die Sperre öffnen, das tun sie.

Grenze des Teilens

Durst nach Erkenntnis,
Wille zur Macht
haben die Dinge
rastlos zerlegt.

Tiefer als bisher
wird auch der Mensch
– Schema ist Schema –
analysiert.

Sieg seiner Freiheit!
Er widersteht!
Nur als Geheimnis
bleibt er ein Mensch.

Simsalabim

Als Kinder vergaßen wir Angst und die Sorgen.
Wir konnten aus Märchen uns Zauberer borgen,
ein Simsalabim ... und es kam schon die Wende.
Triumph über Hexen stand immer am Ende.

Triumph über Böses ... die Wirklichkeit spottet.
Die Welt scheint vom Bösen gar arg schon verrottet.
Und dennoch ... das Simsalabim war uns nah,
wann immer Erhebung der Herzen geschah.

Lied der jung Vermählten

Ich hab' dein Wort, du seiest stets bei mir;
begleiten wird es mich durch alle Tage.
Das Echo meines Jubels klingt aus dir,
in dir verhallt besänftigt jede Klage.

Ich hab' dein Wort, du seiest stets bei mir;
es ist wie neues Blut in meinen Adern.
Vorbei ist alle Enge, alle Not,
in Einsamkeit mit dem Geschick zu hadern.

Doch größer ist das Wort „Ich bin bei dir",
vom Herrn als Mitgift dir und mir gegeben.
In Ihm wird unser Füreinander-Sein
in neue Weiten, neue Welten streben.

Vermählte im Alter

Sie trafen einander im Frühling des Lebens
an einem berauschenden Frühsommertag.
Ein zündender Blick und sie standen in Flammen,
die aller Verstand nicht zu löschen vermag.

Sie sahen sich tief in die feurigen Augen
und witterten ihren verborgenen Schatz,
entdeckten das Zauberbild ihrer Gestalten
und sprachen es aus in dem uralten Satz.

„Ich liebe dich.“ Nimmermehr kann ich dich lassen.
Nun seh ich die Welt erst in richtigen Farben.
Verjagt sind die einsamen, ziellosen Mühen,
die oft mir die Freude am Leben verdarben.

Sie sahen zusammen ins Auge des Kindes
und sangen Te Deum der Quelle des Lebens,
dem Wunder des Werdens im Schoße der Mutter
als Ort des verborgenen göttlichen Webens.

Sie liebten einander im Herbst ihres Lebens
und blieben sich treu im gemeinsamen Wandern,
vom Flammen gewandelt zu ruhigem Leuchten,
doch immer mit Freude im Auge des andern.

Sie sprachen, gereift, vom Geheimnis der Liebe
und fanden den Schlüssel im Ja zu den Grenzen,
die beiden, der Frau und dem Manne gesetzt sind,
da maßlose Dinge nur trügerisch glänzen.

Es ist eine Lüge, die Spötter verkünden,
daß Glück nur im Rausch des Genießens besteht.
Der tollste Besitz und die reizendsten Spiele,
verglichen mit Treue ... vom Winde verweht.

Patina

Nichts ist nur ersonnen,
was ich hab' versponnen.
Alles hat im Leben
sich einmal ergeben.

In den Vers gegossen,
will, was längst verflossen,
wetterfest gestalten ...
Patina der Alten.

EIN HAUCH VON SCHWERMUT

Nach dem Urlaub

Das Planen ging
in weite Fernen,
der Wagen hat alles geschafft.

Das Auge hat
aus schönen Ländern
das Schönste zusammengerafft.

Das Ohr nahm auf
die fremden Sprachen
und fremde Genüsse der Mund.

In welchem Land
gelingt den Fahrten
der restlos beglückende Fund?

Der Wald

Mich lockte der Wald
schon als Kind, zu entdecken
die Rätsel und Märchen
in dunklen Verstecken.

Mich lockte der Wald
in den gärenden Jahren,
wo flüsternde Bäume
ein Liebeslied waren.

Ich ging in den Wald
in den Jahren der Reife;
erquickendes Atmen
war Zweck meiner Streife.

Nun steh' ich im Wald
in den Jahren der Neige.
Bald liefern den Kranz sie,
die duftenden Zweige.

Der Greis

Den Sommer fröstelt heute
und lustlos gehn die Leute
in ihre Häuser heim.

Die Nacht ist ohne Sterne.
Ich lausche in die Ferne ...
der Totenvogel ruft!

Aus einsam schwarzen Stunden
hab' ich das Ja gefunden
zum großen Erntetag.

Das Testament

Wenn die Reichen sterben,
lauern ihre Erben
auf das Testament.

Und es kann geschehen,
daß aus Nachlaß-Wehen
Neid und Haß entbrennt.

Wenn die Armen sterben,
gibt es keine Erben.
Friede um das Grab.

Letzte Blumen

Im Oktober
knickt der Reif
die letzten Blumen.

Nur in Gärten
bleibt ein Rest
für Allerseelen.

Was im Freien
überlebt,
das zittert furchtsam.

Letzte Blumen
rühren mich
wie Abschiedstränen.

Begräbnis im Winter

Verfroren stehn
die Trauergäste
um das Grab.

Die Augen sind
vor starrer Kälte
tränenlos.

Das Priesterwort
verhallt vor Zittern
ungehört.

Das Herz erfriert.
Nicht weinen können,
welch ein Schmerz!

Stimmung in Kriegstagen

Der Seele ist vom Bangen bleiern schwer;
und nirgendwo ein Wort aus frohem Mund.
Der neue Tag bringt neue Schreckensmär,
und jede Hiobsbotschaft schlägt mich wund.

Die Sonnenstrahlen glitzern sommergrell,
doch so, daß keiner mich erfreuen mag.
Trotz allem Licht, so wärmend und so hell,
durchstürmt das Herz ein böser Wintertag.

Da kommt aus Hiobs Schicksal mir ein Trost:
Die schlimmen Tage kommen und sie gehn.
Wenn alle Stürme einmal ausgetost,
wird unverlierbar Gott am Ziele stehn.

Die schlimmere Kälte

Es rüttelt an den Fenstern
ein eisig kalter Wind.
Wohl denen, die in Wärme
daheim geborgen sind.

Doch mehr als Kälte mordet
das haßerfüllte Wort.
Es treibt aus warmen Häusern
erfror'ne Herzen fort.

Ach, wie flüchtig ...

Am Boden noch ein wahrer Riese
und von der Bahn als Vogel Greif
sich in den blauen Himmel bohrend,
mit qualmend nachgezog'nem Schweif ...

Es ist ein schmerzhaft kurzes Schauspiel:
Der Lärm verhallt, der Rauch zergeht;
was eben noch die Sinne lähmte,
ist schon verdämmert und verweht.

Leid- und freudvolles Silber

Ein Silberstreifen glänzt am Himmel
und wandert südwärts, bis er blaut.
Vom Vogel nahmen manche Abschied,
die ihm ihr Liebstes anvertraut.

In ihre Herzen schleichen Sorgen
und Tränen in die Augen ein.
Doch jedes Silber, nordwärts schimmernd,
genügt, ein stiller Trost zu sein.

Nostalgie?

Es stehen die Reste der einstmals so stattlichen Mauern
und legen noch immer den steinernen Ring um die Stadt.
Es lugen noch immer die Türme der Burg in die Lande,
als würden sie nimmer und nimmer ihr Wächteramt satt.

Doch ist es nicht Mitleid mit nutzlos gewordenen Bauten,
daß ihnen man schonend den Traum vom Vergangenen läßt.
Sie künden die Sehnsucht der Menschen nach Burgen der Seele,
inmitten von wildem Gekläffe nach schützendem Nest.

Geheimnis

Hoch oben in den Bergen fand ich einen See,
nicht groß, – ich konnte seine Ufer leicht umschreiten –
doch klar und wundersam. Er spiegelte die Pracht
der Berge und des Himmels mit den blauen Weiten.

Er sagte nichts von dem Geheimnis seiner Tiefe,
er gab nur wieder, was auf seine Fläche sah.
Daß einen Blick bis auf den Grund er mir versagte,
ich weiß nicht, wie in meiner Seele mir geschah.

Vergebliche Flucht

Es waren Mammutzahlen,
die schon im alten Weltbild
den kühnen Geist zerbrachen.

Schon alte Sternenkarten
entfesselten die Ahnung
von unerhörten Räumen.

Doch alle Riesengrößen
verblassen in dem Schauen
der jüngst erkannten Maße.

Der Mensch zerschmilzt im Staunen,
verloren, ohne Ufer,
verstört, unendlich einsam ...

und flieht, um sich zu retten,
zurück ins Schneckenhäuschen.
Das Herz bleibt wund und offen.

Unauslöschliche Sehnsucht

Wenn einstens wir Kinder
des Nachts etwas hörten ...
den Ruf einer Eule,
das Bellen der Hunde,
das Grollen des Donners,
den Windstoß in Blätter,
den Tritt eines Menschen
im garstigen Finstern –

wie war es so wohlig,
die Riegel am Tore
geschlossen zu wissen;
wie war es beglückend,
in kindlicher Einfalt
dem Engel zu trauen,
der Kleine und Große
in Treue bewachte.

Vorbei sind die Zeiten
des kindlichen Denkens.
Doch nimmer verlor sich
der Kern der Gedanken.
Und größer als damals
ist heute die Sehnsucht
geborgen zu leben
in schützender Liebe.

Ungenanntes Dorf

Wir durften dich staunend entdecken
an märchenhaft glücklichem Tage ...
Dornröschen, umsponnen von Hecken
in traumhaft verlorener Lage.

Du kennst noch den Zauber der Nächte
und zeigst uns die Wege nach innen,
du nährst noch die heimlichen Mächte,
im Alltag das Glück zu gewinnen.

Dornröschen schlief selig so lange,
doch kann man vom Schlafen nicht leben.
Der Ruf macht uns plötzlich so bange:
Tourismus muß rasch sich erheben.

Kinder auf dem Land

Der Schnee ist gefallen!
Ein fröhliches Ballen
ist Wonne der Kinder.

Der Schnee ist zergangen;
da kommt das Verlangen,
in Bächen zu spielen.

Das Bachbett ist trocken;
o Freude! Es locken
der Sand und die Steine.

Die glücklichen Kinder
entdecken geschwinder
die Lust an den Dingen.

Die Kinder von heute
sind längst eine Beute
der technischen Spiele.

Betteln um Rückkehr

Das Brüderlein spielt Geige,
doch fehlt das Du auf Du.
Das Schwesterlein ist ferne,
das Hündlein hört nicht zu.

Drum klingt die Geige traurig
und wie ein Klageton:
Warum denn, Du, mein Liebstes,
warum gingst Du davon?

Dein Brüderlein und Hündlein
sind fröhlich nur zu dritt;
was war es denn so Böses,
das Dich bei uns nicht litt?

Das Jubeln meiner Geige,
des Hündleins Freudentanz ...
was auch in uns zerbrochen,
Dein Kommen macht es ganz.

Träumerei

Träumerei,
Vorrecht des Menschen
auf heimliche Wünsche:

Irgendwer
wird mich umwerben,
nur ihm zu gehören.

Irgendwas
wird mir verzaubern
das Grau meines Alltags.

Irgendwo
liegt eine Insel
im sonnigen Süden.

Irgendwie
lösen sich Nebel
in jubelnde Klarheit.

Irgendwann
münden die Mühen
in Freude des Sieges.

Träumerei,
Vorrecht des Menschen
auf heimliche Wünsche.

Einer nur
bringt alle Sehnsucht
zu voller Erfüllung.

Der Ziegenhüter

Es war ein Bub, der hütete die Ziegen
der kleinen Leute aus den alten Keuschen.
Nur ein paar Groschen waren da zu kriegen,
er ließ von kargem Lohn sich nicht enttäuschen.

Den Ärmsten hütete er ohne Lohn.
Daß er gebraucht war, gab ihm stilles Glück.
In ihrem Danken lag ein warmer Ton,
verlegen summte er und lächelte zurück.

Er nannte jede Ziege mit dem Namen,
wie je nach Aussehn er ihn passend fand.
Das Ziegenhüten ließ er nicht erlahmen,
auch wenn die Stimmung nicht auf Jubel stand.

Denn Ziegen haben öfter ihre Grillen,
im Starrsinn ihre Weiden selbst zu suchen.
Der Bub hielt durch, der armen Leute willen.
Die Ziegenpredigt war verdecktes Fluchen.

Der Bub ist nun ein Mann und hochbetagt.
Statt Keuschen stehen Häuser weit und breit.
Da niemand nach dem alten Zustand fragt,
sind Ziegen Wortschatz der Vergangenheit.

Die Welt ist schöner, groß in tausend Dingen.
Und früher war ein armes Einerlei.
Der Alte muß mit Wehmutstränen ringen:
Vielleicht ist manches doch mit Recht vorbei?

Tränen für einen Hund

Nun ist auf seiner Lagerstatt mein treuer Hund verendet.
Als hätte er nach müdem Lauf zum Schlaf sich hingestreckt,
so liegt er da; nur daß die Augen mir Gewißheit geben,
daß ihn kein Zuruf und kein Streicheln und kein Pfiff mehr weckt.

Drei volle Stunden bin an seinem Lager ich gesessen
und hab' die letzten Blicke aufgefangen und beweint.
Wie er ein Freund mir war, ist er mir jetzt ein lieber Toter.
Mich kümmert's nicht, wenn jemandem mein Weinen töricht scheint.

Was ich an ihm verlor, kann außer mir kein andrer wissen,
die Lücke, die sein Tod geschlagen, ist doch mir nur kund.
Was wissen die, wie enge Mensch und Tier verwachsen können,
die alles abtun mit dem Wort: Es war ja nur ein Hund.

Er war mir kein beliebig Vieh, das man mit Geld bewertet.
Gefährte war er mir in Tagen meiner Einsamkeit.
Da mir geselliges Beisammensein mit Menschen fehlte,
so sprach mit ihm ich und vertrieb mit ihm ich mir die Zeit.

Er war so aufmerksam und treu, er las aus meinen Augen,
ob ich was Frohes oder Dunkles in der Seele trug.
Wenn ich mich freute, sprang auch er und tanzte vor Freude,
wenn ich mich trübte, merkt' ich, wie's auch ihm die Lust verschlug.

Wie oft, wenn ihm mein trübes Schweigen lang genug erschienen,
faßt' er ein Herz, lief auf mich los und stieß mit dreistem Mut
mich in die Knie und schaut' mich bittend an, als wollt' er sagen:
Laß ab! Sei wieder froh und heiter, komm, sei wieder gut!

Wie hätte ich da widerstehen können, nein, ich packte,
erlöst, den treuen, klugen Hund und preßte ihn an mich
und dankte ihm, daß er mit seinem Bitten, seinem Stoßen
mir aus dem Herzen alle schwarzen Zwangsgedanken strich.

Nun wird er's nicht mehr tun, nicht bitten wird er mehr, nicht stoße
Nun bin des Nachts ich ohne treuen Hüter, und bei Tag
stört nichts das öde Klopfen meiner Heimarbeitsmaschine.
Verstehst du jetzt, wie ich an seinem Lager weinen mag?

Am Fuß des Berges

Am Fuße des Berges
verliert sich die Straße;
und Bangen befällt mich.

Am Fuße des Berges,
da tummeln sich Schwalben, –
und oben ist Winter.

Am Fuße des Berges
sind sichere Pfade, –
und oben ist Wagnis.

Am Fuße des Berges,
da drängt mich die Stunde
zu klarer Entscheidung.

Abschied vom Wagen

Du bist ein Ding
und nicht Person,
bist ohne Rechte.

Und dennoch tränt
das Auge mir
zum wehen Abschied.

Du warst ein Freund,
verläßlich, treu,
bei allen Fahrten.

Nun bist du alt,
und Altes muß
dem Neuen weichen.

Ich weine still
in mich hinein.
Vergib mir, Wagen!

Es war einmal

Die Zeit für uns Kinder war hart!
Wir kämpften ums tägliche Brot
und manches Mal gab es auch nichts.
Wir waren vertraut mit der Not.

Doch hielten wir alle zusammen.
Wir sammelten Schwämme und Beeren
und Reisig, um unsere Schätze
für Küche und Ofen zu mehren.

Und überall holten wir Blumen,
den Hausaltar würdig zu schmücken.
Und brennende Kerzen an Festen
genügten, uns still zu beglücken.

Die hölzerne Bank vor dem Hause
vereinte uns abends zum Scherzen,
und wenn es uns drängte, zum Singen
aus freudig ergriffenen Herzen. –

Es war nicht nur hart, es war schön!
Wir waren an Gütern nicht reich,
doch immer geborgen und froh.
Kommt Taschengeld je diesem gleich?

Novembertag

Die Kinder hatten schon die Schlittensorgen,
so plötzlich nahm der Schneefall überhand.
Und nun erstrahlt ein lichter, warmer Morgen
und wie im Frühling dampft das Ackerland.

Mir ist so weh bei solcher Wetterwonne;
ich habe mich schon winterfrisch gewähnt,
da sagt ein letzter milder Gruß der Sonne,
wie sich mein Herz nach Licht und Wärme sehnt.

Wann?

Jubel weicht
der düstern Schau,
Sonnenschein
dem Nebelgrau.

Wellenberg
dem Wellental,
reicher Tisch
dem kargen Mahl.

Mensch und Glück
im Nachlaufspiel:
Wann erreicht
das Herz sein Ziel?

Gefährliche Seligkeit

Bei meinen Schritten knirscht der Schnee,
und Bach und Teich sind zugefroren.
Durch Glitzern gleicht die Sonne aus,
was sie an Wärmekraft verloren.

Vor Winterfreuden taumelig
und von dem Wandern wohlig träge,
bezirzt mich süß der weiche Schnee,
daß ich ein Nickerchen erwäge.

Da flüstert mir ein guter Geist:
Natur und Sonne wirken beides,
sie spenden Leben, bringen Tod,
sind Quell der Freude und des Leides.

Wiederkehr

Das Veilchen im März
erblüht nicht zum Scherz.
Trotz Bangen und Zittern
läßt Frühling es wittern.

Es schnuppert das Reh
in Resten von Schnee.
In knospenden Bäumen
will Grünen nicht säumen.

Das Leben erwacht.
Als Siegerin lacht
die Sonne durchs Fenster,
vertreibt die Gespenster.

Jahraus und jahrein
will Wiederkehr sein,
in wechselnden Dingen
ein Weinen und Singen.

Den Stillstand im Frühling,
entkommen dem Eis,
den träumt und ersehnt sich
der alternde Greis.

Man merkt die Absicht …

Die Kamera – sie war der letzte Schrei
modernster Art mit allem drum und dran –
stand im Gepäck mit buntem Vielerlei
an Wert dem Weltenbummler obenan.

Von seinen Flügen in die weite Welt
kam er mit einem Bilderschatz zurück.
Und was zu knipsen er sich vorgestellt,
gelang dem Könner und dem Wetterglück.

Die Bilder würden reizvoll bildend sein …
so lud er seinen kleinen Freundeskreis
nach jeder Fahrt zu einem Bilder-Abend ein,
für seine Führungsrolle ein Beweis.

Doch da entpuppten sich Ermüdungszeichen.
Die Freunde wurden seine Bilder satt.
Denn allzuviel läßt jede Lust verbleichen,
und „Absicht“ setzt der Freundschaft ein „Schach-Matt“.

BESINNLICHES ÜBERDENKEN

Ballade vom Apfelkern

Ein Apfelkern blieb auf dem weißen Tischtuch liegen.
Schon will mit flinker Hand ich ihn zum Abfall werfen,
da hält ein Unerklärliches mich davon ab,
und wie im Märchen folgt ein Zwiegespräch mit ihm.

Wie kommt es, daß mein Auge dich nicht früher sah,
als ich mit meiner kleinen Bürste drüberfuhr?

Das kommt von einem gütigen Geschick dir zu,
daß ich mit Klebekraft am Tuche hängenblieb.
Ich habe das Gespür, der Tag ist heute gut,
daß du, der Hast entsagend, ruhig auf mich schaust
und zuhörst allem, was ich dir zu sagen habe.

Du winzig Ding, du kommst dir wahrlich wichtig vor,
und doch hast du nur meiner Großmut es zu danken,
daß nicht sofort für dich das ew'ge Schweigen kommt.

Hab Dank! Hab Dank! Ich weiß die Großmut wohl zu schätzen,
daß ich von allen Kernen, die im Apfel waren,
durch Fügung auserwählt, dir etwas sagen darf,
was dich in deinem Herzen wohl bewegen mag.
Dann mag für immer ich im Abfallkorb versinken.

Ach ja, du winzig Ding ... verzeih mir dieses Wort!
Ein Irrtum ist es, nur nach Länge, Breite, Höhe
den Dingen die Bezeichnung groß und klein zu geben.
Wenn ich bedenke, wie ich selber Mensch geworden,

aus kleinem, mikroskopisch kleinem Ei und Samen,
dann dämmert eine Sicht vom Wunder allen Werdens,
das nicht im Raum, vielmehr im raumentbundnen Geist
die Wurzel allen Seins befriedigend erklärt.

Wie freu ich mich, daß du auf rechter Fährte bist.
Doch was ich sagen wollte, gilt persönlich dir.
Als du das Licht der Welt erblicktest, hat dein Vater
aus stolzer Vaterfreude einen Apfelkern
in einen Blumentopf mit bester Gartenerde
versenkt und in Geduld das Weitere erwartet.
Das Wunder allen Wachstums blieb auch hier nicht aus.
Nach guter Zeit ein erstes Aus-der-Erde-Sprießen,
ein Wachsen und Gedeihen hin zu einem Pflänzlein.
Dann umgebettet in den Garten und umzäunt,
daß ja kein Hase sich an seinem Grün verbeiße.
Es wuchs die Freude deines Vaters beim Betrachten
des Bäumleins, das zu einem großen Baume ward,
mit diesen Äpfeln, wie du einen jetzt gegessen,
aus dem ich Apfelkern aufs Tuch gefallen bin.

Mein Vater starb zu früh, er konnt' es mir nicht sagen.
Nun freue ich mich doppelt meiner süßen Äpfel,
die mir wie ein Vermächtnis meines Vaters sind.
Du Apfelkern, du, auf dem Tischtuch wie verloren,
ich nehme dich behutsam in die Hand, voll Ehrfurcht,
und will für meinen Sohn von dir ein Gleiches hoffen,
daß du nach soundsoviel Jahren meinem Sprößling
die gleichen Früchte aus dem Garten schenken mögest.

Ich winzig Ding, wenn du an mir tust wie dein Vater,
dann werde ich ein früchtereicher Apfelbaum
im Garten deiner Kinder und der Kindeskinder.
Denn in dem winzig Ding, so du mich hast genannt,
ist schon der Apfelbaum zur Gänze programmiert:
Die Wurzeln für den Stamm, die Äste, Blätter, Blüten,
mit allen heiklen Einzelheiten der Ernährung
durch ein bezauberndes System von Leitungsfasern
für Wasser, Licht und all die Nahrungsstoffe,
und endlich Äpfel, die in deinen Keller wandern. –
Der Schöpfer, der zum Apfelkern mich werden ließ,
ist von Computerprogrammierern wohl der beste.
Ich werde sicher, was der Herr mich werden hieß.
Bist du, o Mensch, geworden, wie dein Gott dich dachte?

Großmut

Was für den einen gut und schön,
kann ungut für den andern sein.
Wenn Eltern nur aus ihrer alten Sicht
die Zukunftspläne für die Kinder schmieden,
wenn sie vermeintlich Böses ihrem Kind ersparen,
vermeintlich Bestes ihm vermitteln wollen,
wenn alles sie allein und ohne Rücksicht
auf Fähigkeit und Freude ihres Kindes tun,
dann ist damit ein falscher Weg beschritten.
Das Opfer ist der rücksichtslos Umsorgte.
Ob er aus tausend Ängsten vorgewarnt,
ob rosarote Schilderung ihn lockt,
er darf sein Eigendenken dem nicht opfern.
Und wenn er's opfert, wächst daraus ein Leben,
das ohne Eigenständigkeit verläuft
und ohne Werden der Persönlichkeit.
Denn unersetzlich ist das Gut der Freiheit.
Aus einer Fülle solcher Möglichkeiten
sind Spielart eins und Spielart zwei skizziert:

Es ist gefährlich, einem arg Verliebten
den Irrtum seiner Mißwahl aufzudecken,
und zwar mit der Methode des Verschreiens.
Das weckt in ihm den Geist des Widerspruchs
und läßt ihn nicht auch nur ein Körnchen Wahrheit,
vielmehr nur bösen Willen in der Warnung finden.
Und so kann vorschnell die Entscheidung fallen,
die nur dem „Justament" entsprossen ist.

Und wenn es schiefgeht, kommt der Eltern Klage:
„Wir haben es gewußt, wir haben ihn gewarnt,
doch war ja alles in den Wind gesprochen."

Nur selten wird es ihnen klar bewußt,
daß sie an der Entwicklung Mitschuld tragen.

Die zweite Spielart: Einem einzureden,
was ihrer Meinung nach das Beste ist,
in Fragen der Berufswahl oder Mißwahl.
Wenn der Beratene sich treiben läßt,
wenn er aus Bravheit keinem wehtun will,
wenn's ihm genügt, daß alle gut es meinen,
wenn er nicht selber sich ein Urteil bildet ...
der ist nicht weniger bedroht als jener erste,
der nur vom „Justament" sich leiten ließ.
Und wenn es schiefgeht kommt der Eltern Klage:
„Wieso?! Wir haben es so gut gemeint."

Bedenkt das Gleichnis vom verlornen Sohn!
Der Vater wußte wohl um die Gefahren,
die in der Fremde jungen Menschen droh'n.
Er mag mit klaren Worten sie geschildert
und manchen Rat dazugegeben haben.
Er ließ ihn dennoch in die Fremde zieh'n,
trotz Schmerz ihm seine Freiheit zuerkennend,
in der die Würde jedes Menschen gründet.
Gerade diese Großmut seines Vaters
war seine Mitgift, größer als das Erbteil,
das schnell in ungezügelter Verschwendung

und prasserischer Lebensart zerfloß.
Denn als die Hungersnot ihn überfiel,
da kroch die Reue wie ein brennend Feuer
in die Verlassenheit des armen Herzens
und ließ ihn seinen Sündenweg erkennen,
daß gegen beide er so schwer gefehlt,
daß wie der Himmel so sein guter Vater
wie große Schuldenberge vor ihm standen.
In wilder Phantasie nach Hilfe schweifend,
erblickte er als lichten Rettungsanker
das Bild der Heimat mit dem Bild des Vaters.
„Bei ihm hat selbst der letzte Tagelöhner
gesichert Arbeit, Brot, Geborgenheit
und ein Daheim, aus seines Vaters Großmut.
Wenn auch nicht Sohn, weil dessen nicht mehr würdig,
als Tagelöhner will ich mir erfleh'n,
auf altem Heimatboden sein zu dürfen."

Erlebte Großmut wandert mit durchs Leben,
erlebte Großmut führt zurück zur Heimat.

Ananias und Saphira

Die kleine Schar der Jünger in Jerusalem
hat beide in die Urgemeinde aufgenommen.
Sie fügten sich ins Leben der Gemeinschaft ein.
Und weil bei den Besitzenden empfohlen war,
daß alle ihre Habe der Gemeinde schenkten,
verkauften auch die beiden ihren schönen Acker,
um nicht als am Besitze hängend dazusteh'n.

Doch fehlte ihnen das Vertrauen in die Liebe,
die keinen einzelnen im Stiche lassen würde,
falls unvorhergesehen ihn ein Unglück träfe.
Auch in der Großmut sei die Vorsicht angezeigt,
so dachten sie; und beide kamen überein,
ein Stück vom Kaufpreis still bei sich zurückzuhalten,
doch das Geschenk als vollen Kaufpreis zu erklären.
Vor Petrus meinten sie, es glaubhaft so zu schildern.

Der Ausgang ist bekannt. Die Härte ihrer Strafe,
die doch so unverhältnismäßig groß uns scheint,
darf nicht als Urteil ewiger Verdammnis gelten.
Dies gilt von allen zeitlichen Gerichten Gottes.
Die Kirche darf, begründet, Menschen heilig sprechen,
doch keinen Menschen darf sie je verdammt erklären.
Denn Gott allein weiß um den Zustand einer Seele,
die noch im letzten Augenblick bereuen kann,
wie dies der Herr vom rechten Schächer uns gesagt.
Das Strafgericht ist wie ein einprägsames Zeichen,
in dem der Herr uns Gottes Abscheu vor der Lüge,

vor jeder lügnerischen Maske schreckend zeigt.
Ein Zeichen ganz besonders für die junge Kirche,
daß sie sich stets besinne auf das Pfingstereignis,
daß sie dem Lügenvater keinen Einlaß gebe,
da doch der Heil'ge Geist sich über sie ergossen,
der Geist vertrauenweckender Wahrhaftigkeit.

Und ebenso ein Zeichen für die Kirche heute:
Nur wenn die guten Taten auch wahrhaftig gut sind,
nur wenn den Sünden auch wahrhaftig Reue nachfolgt,
nur wenn das Ja zu Jesus nicht ein halbes Ja ist,
wenn eine Hälfte nicht zurückbehalten wird,
dann ist der Heil'ge Geist, ist Jesu Geist am Werk.
Die Kirche hat den Wert, den sie vor Jesus hat.
Sie möchte gern die Triumphatorrolle spielen,
so kann es manchmal ihren eignen Kindern scheinen.
Wenn nicht Triumph der Macht, so doch des besten Rufes.
Doch Jesus hat sie nicht gespielt im Erdenleben,
als König nicht und nicht als aller Menschen Liebling.
Gewiß, am Ende wird als Sieger er erscheinen,
doch nicht in einer Pose römischer Cäsaren.
Und dennoch ungleich mächtiger, des Gottes würdig:
Im Sieg des Geistes und der Wahrheit in der Liebe
wird er gerechter Lohner der Verdienste sein.
Für immer ist die Zeit der Masken dann zu Ende.

Im Park

Ein Vorfrühlingstag.
Die wärmende Sonne
verführt mich liebkosend
zu stillem Verweilen
auf einer der Bänke
im riesigen Park.

Ringsum eine Unzahl
von uralten Bäumen,
von mir nicht bestimmbar
nach Namen und Art.
Noch fehlen die Blätter,
noch sind ihre Äste
und zierlichen Zweige
ein wirres Gekritzel
von graphischen Strichen
in Schwarz oder Grau.

Die Blicke nach oben
verraten durch nichts
den nahenden Frühling.

Doch siehe! Welch Zauber
beim Schauen nach unten!

Der frischgrüne Rasen ...
ein kostbarer Teppich,
mit lustigen Farben
bedeutsamer Gäste
zum Kunstwerk vernetzt.

Ein jedes der Gräslein
tut wichtig das Seine,
trägt bei zum Gesamten,
veratmet den Willen
zu sieghaftem Leben
und streckt sich ans Licht.

Die schneeweißen Glöcklein ...
ein Massengeläute
zum Abschied vom Schnee.

In leuchtenden Gruppen
steht, nicht übersehbar,
die Krokusverwandtschaft.

Nicht fehlen Narzissen
und nicht Anemonen,
sie plaudern wie Boten
des kommenden Ostern.

Bescheidene Veilchen
versuchen ihr Blaues
zur Geltung zu bringen,
mit wenig Erfolg.

Und manche Exoten,
im Park nur zu finden,
bereichern den Teppich
als Gruß aus der Ferne.

Das Schauen nach unten ...
ein Blick in das Weben
an werdenden Dingen.
Die lebenden Wesen
entzieh'n Mutter Erde
die Speise zum Wachstum
in Vielfalt und Schönheit,
nicht eigens zu reden
vom zaubernden Wandel
durch Licht von der Sonne.

Ich lasse besinnlich
das Auge sich satt seh'n,
erkenne Versäumtes:
daß unsere Sinne
so wenig bemerken
vom Wunder der Schöpfung.

Das „Unten" verlassend
entwirrt sich auf einmal
ein anderes „Oben".

Die Sprengkraft des Geistes
durchstößt alle Grenzen
der irdischen Augen,
schafft mutiges Tasten
nach jenem Geheimnis
im anderen „Oben".

Es ist ein Erahnen
des Planers im Jenseits
der menschlichen Kräfte,
des rastlosen Künstlers,
des großen Designers
der Schönheit der Dinge
in Welt und im Weltall.
Es ist ein Erlauschen
des Wortes, das alles
erschuf, was es aussprach.

Es ist eine Sehnsucht
nach wahrhaftem Neuen:
daß Frühling und Sommer,
daß Welken und Frieren
uns endlich entlassen
aus erdhaften Zwängen.
Daß wir aus den Rollen
des großen Theaters
für immer erlöst sind,
zumal wir doch meistens
Statisten nur waren
und manchmal verfluchten,
Statisten zu sein.

Es ist eine Sehnsucht,
nicht immer nur Bühnen
als Aufenthaltsräume
des Lebens zu haben.
Vielmehr nach der Wende

zu restloser Freiheit
die Lösung der Rätsel
beglückt zu erleben,
erschauernd zu schauen,
was hinter der Bühne
gedacht und geplant war.

Doch darf nicht die Sehnsucht
zur Flucht aus dem Leben
die Irdischen locken.
Die göttliche Fliehkraft
darf nimmermehr hindern
das Ja zu der Erde,
den Dank für die Erde
als Stätte der Prüfung
der Reife für oben.
Die Treue zu beidem,
zu unten und oben,
ist wahres Te Deum.
„Gott sah, daß es gut war.“

Der Bettler

Er drückte nur selten die Glocke,
er wollte mich nicht überfordern,
der höfliche alte Bettler.
Zu Mittag war ihm gesichert
die wärmende Suppe im Kloster
und manch eine festere Zutat.

Er hatte nur manchmal die Sehnsucht,
sich etwas leisten zu können,
wie andere Menschen es konnten.
Doch keineswegs harte Getränke,
nur kleine, persönliche Dinge,
wie sie in vergangenen Zeiten
ganz selbstverständlich ihm waren.
Geschätzt, weil jetzt sie ihm fehlten
und wie sie mitunter so schmerzlich
Erinnerung aufsteigen ließen.

Es war eines Abends im Sommer,
da läutete wieder die Glocke,
gedrückt von dem höflichen Bettler,
der heute mir freilich erschien
als unhöflich störender Alter.
Ich saß gerade beim Fernseh'n.
Ein spannender Krimi vor Lösung
der Frage „Wer war nun der Täter?"
Beherrscht, aber doch nicht sehr freundlich,
entnahm ich der Börse die Summe,

die höher war als wie gewöhnlich,
Ersatz für die fehlende Güte.

Doch siehe! Er lehnte das Geld ab
und kam mit ganz anderer Bitte.
Er möchte, was immer ihm fehle,
mit einem, der zuhört, was reden.
Denn mehr als der Mangel an Sachen
sei seine Vereinsamung bitter.

Mit schwer nur erzwungener Ruhe
erheuchelte ich ihm Verständnis.
Nur heute sei durchaus nichts möglich.
Ich nannte ihm einen Termin
an einem der folgenden Tage,
ich würde verläßlich daheim sein.
Der Alte zuckte zusammen.
Mit traurig veränderter Stimme
empfahl er sich mit einem Grußwort.
Ich konnte das Ende des Krimis
gerade noch richtig erleben,
um Täter und Helfer zu kennen
und so mit dem Stolze des Klugen
mein Ahnen bestätigt zu finden.

Es folgte kein ruhiges Schlafen.
Doch nicht die Erregung vom Krimi
war schuld an gestörter Erholung.
Es klopfte ans Herz mein Gewissen:
Da hast du nicht richtig gewogen!

Was wiegt wohl auf göttlicher Waage?
Das Wissen um Lösung im Krimi?
Das Ja zum vereinsamten Alten?
Was du deinem Bettler verweigert,
das hast du dem Herrn nicht geschenkt.

Nach Stunden des Denkens und Grübelns
erfand ich den heilenden Ausweg:
Ich war ja doch gar nicht so böse.
Es war nur ein Aufschub des Helfens.
Zu jener versprochenen Stunde,
da werde ich Großmut ihm zeigen
und unbegrenzt Zeit ihm verschenken.

Doch an jenem Tag
kam der Bettler nicht,
und er kam nie wieder.

Die Werbung

Die Werbung ist ein kritisiertes Ding.
Gar viele hassen sie, weil so gemein sie stört.
Denn wenn im Krimi oder Unterhaltungsstück
des Fernsehns mitten in der höchsten Spannung
die Werbung ganz sadistisch unterbricht
und wir im Fieber warten müssen: „Wie geht's weiter?"
dann fühlen wir mit Recht uns arg gehänselt.

Die murrende Beschwerde aber wird beschwichtigt.
Es wird uns klargemacht, das bringt das meiste Geld.
An dieser Stelle, und genau an dieser,
sind aller Augen auf den Schirm gerichtet
und schlucken, wenn auch ungewollt, das nächste Bild,
das Bild der Werbung, ohne abzuschalten.
Es weiß ja keiner, wann es weitergeht.
So fügt er sich und läßt die Werbung laufen,
damit vom Weitergang des Films er nichts versäumt.
Das eingebrachte Geld für Werbung spart dem Seher
Erhöhung der Gebühren, und das schafft den Frieden.

Die anderen Werbezeiten regen nicht mehr auf.
Gar manche lieben sie als Quelle guter Nachricht,
wo bald auf diesem, bald auf jenem Sektor
was wirklich Billiges sich bietet und was Neues,
das alles Frühere an Qualität und Preis
erheblich übertrifft und aus dem Rennen wirft.
Auch jene Fernsehseher sind nicht zu vergessen,
die Freude haben an den primitiven Werbewitzen,

die geistreich scheinen und somit auch faulen Denkern
genug Beweis intelligenten Ranges sind.

Die Werbung ist zu Unrecht negativ belastet.
Aus nichts wird nichts, nur Kenntnis von den Dingen
kann Interesse wecken und die Wirtschaft fördern,
die uns das sogenannte täglich' Brot erwirbt.

Die Frage geht nur nach dem Ja und Nein
zu Dingen, die wohl alle Menschen brauchen
– nicht nur vom Brot alleine lebt der Mensch –,
und jenen, die man schadlos missen kann,
doch immerhin von Wert für Anspruchslose sind,
und solchen, die für keinen ein Bedürfnis sind,
jedoch als nötig einfach eingeredet werden.

Doch leider wird geworben auch für Dinge,
die nicht nur nutzlos sind wie blauer Dunst,
vielmehr den ganzen Menschen heimtückisch gefährden,
das sind die Filme mit Verherrlichung der „Helden",
die täglich mit dem Colt Respekt sich schaffen,
die schnelles Niederknallen als den Sport betreiben,
der Furcht einflößt und mit den Gegnern aufräumt.
So wird gekonntes Morden wie ein Weg zum Ruhm.
Und Kinder saugen diese Bilder ein.
Nicht minder böse als die Weckung des Brutalen
ist das Geschäft mit dem verzerrten Bild von Liebe.
Ich male es nicht aus, die Wachen wissen
um all die Not von früh verpfuschtem Leben,
um allen Trug der sogenannten Lebemänner,

die doch in Wahrheit Feinde ihres Lebens waren.
Bringt es was ein, dagegen Sturm zu laufen?
Als unanfechtbar scheint die Antwort vieler:
Wozu? Das kostet jenen Werbern nur ein Lachen.
Und außerdem ... für Kinder gibt es eine Sperre,

die Großen haben die Kontrolle des Gewissens
und schalten den Kanal bei solchen Filmen ab.

So nebenbei ... nur Max und Moritz denken so naiv.
Es ist zu schön, ganz heimlich, ohne Zeugen
bei allem mitzusehn und selbstbewußt zu sagen:
Mir schadet's nicht und niemand weiß davon. –
Ein Irrtum! Denn die Wellentechnik registriert es.
Du wirst, ein Ahnungsloser, jenen zugerechnet,
die für die Beibehaltung solcher Filme sind.

Es gibt noch eine andere Art der Werbung,
der Werbung für die Kirche: „Trag was bei".
Sie schwimmt im Brei der vielen Werbespots
wie eine Fliege, die darin ersoffen
und wenig appetiterregend wirkt.
Ist das ein Vorurteil, ist es berechtigt?
Die Kirche darf mit Recht die Werbetrommel rühren.
Sie hütet Schätze, wert, gezeigt zu werden,
in Baukunst, in Musik, in Dichtkunst aller Arten,
in guten Schulen, Krankenhäusern, Bildungsstätten ...
zwar hat sie manches andern Händen übertragen,
doch war sie Anstoß zu den vielen Werken,
die der Kultur der Seele und des Herzens dienen.

Ist das nun abgelöst von neuen Wegen,
die besser als zuvor die Menschenwürde wahren?
Ein klares Nein! Wenn nur die Kirche selber
sich nicht zurückzieht wie in ein Museum,
vielmehr den Kern der Frohen Botschaft Jesu
von allem Staub des Wanderns unter Menschen reinigt
und mutig kündet, neu sich mühend um die Sprache,
in der vom Geiste Jesu viel zu spüren ist.
Es geht nicht nur um neue Formen der Gesellschaft,
nicht nur um neue, innerweltliche Kultur,
es geht um neue Weite unsres Horizonts,
es geht um Rettung aus Verlorenheit im Kosmos,
es geht um Heimweh, echt zu Gott zurückzufinden
und so des Menschen Ehrfurcht vor dem Schöpfer
zum Fundament der Menschlichkeit zu machen,
die uns in Freiheit furchtlos leben läßt.

Die Botschaft Geist erweckend, Liebe zündend leben,
so war die Werbung, wie sie Jesus übte.

Die Glöcknerin

Die Berta war die Glöcknerin der Dorfkapelle.
Am Morgen, Mittag, Abend war sie treu zur Stelle.
Und dies bei jedem Wetter, jeder Jahreszeit.
Ihr Läuten war dem Angelus-Gebet geweiht.

Nicht alle Dorfbewohner dachten auch ans Beten,
so manche hielten es fürs Leben nicht vonnöten.
Doch eigenartig, alle liebten ihre Glocke,
und niemand nannte Berta eine fromme Nocke.

Im Gegenteil! Bei allen war sie sehr geachtet.
Noch war im Dorf der alte Brauch als Wert betrachtet.
Ging auch so manche gute Sitte aus dem Leim,
die Glocke klang dem Dorf als Dank für ein Daheim.

Der Weg, den dreimal sie zur Dorfkapelle machte
und der, so meinte man, zuviel Beschwerden brachte,
ließ eines Tag's den gutgemeinten Plan aufkommen,
am besten sei ihr bald das Läuten abgenommen.

Ein Läutwerk müsse sich ihr Dorf doch leisten können,
der Berta würden alle die Entlastung gönnen.
Die Finanzierung war in Kürze ausgereift,
da gegen Fortschritt niemand sich im Dorf versteift.

Mit Ehrgeiz hatten alle Dörfler mitgetan.
Ein kleines Feiern schloß an jenem Tag sich an,
da automatisch und genau auf die Sekunde
die Glocke läutete zur je gewünschten Stunde.

Mit gutem Wort und Dank war Berta wohlbedacht,
doch niemand ahnte, welches Leid ihr das gebracht.
Man hatte sie um ihre Meinung nicht gefragt,
wiewohl sie niemals über Müdigkeit geklagt.

Sie sah zwar die Begründung für das Läutwerk ein.
Wer dürfe schon ein Feind moderner Technik sein?
Die Wachen wurden bald des Unterschieds gewahr,
da Bertas Läuten ein persönlich Rufen war.

Liebe macht sehend

Schon mancher Jünger Christi, statt zur Freiheit,
zur Ängstlichkeit erzogen und zu blindem Folgen,
hat unter seiner Enge viel gelitten und gesucht,
ob er nicht einen Ausweg fände aus den Zwängen.
Und ist als Folge, statt ein freier Christ zu sein,
ein Freigeist, hingegeben allen Zügellosigkeiten,
zum Schrecken aller treu Gebliebenen geworden.

Doch wenn das „Treugeblieben“ nur das Bleiben
in starren Regeln ohne Lebensfreude heißt,
wird Christsein wenig Kraft zu frohem Zeugnis geben.

Es ist ein Mißverständnis unglückseliger Art,
daß man den Zwang an erste Stelle setzte
und nicht die Kenntnis Christi, Kenntnis seiner Größe
und seiner Herzensweite, seiner Weltenziele
vom völlig neuen, ganz auf Gott Verwiesen-Sein
und ebenso verwiesen auf das Ja zum Menschen.

Nur wer von seiner Gottheit und nicht minder
von seiner Menschenfreundlichkeit sich rühren ließ,
wird ganz persönlich sich an IHN gebunden wissen,
nicht mehr nach Sklavenart, o nein, aus Macht der Liebe.
Es gelten die Gebote Gottes und der Kirche,
doch diese Bürde wird uns leicht und sanft,
weil uns die Liebe ihren Sinn erhellt.

Meß-Gestaltung

Es teilt die Sprache ein's dem andern zu.
Wir tanzen Reigen, spielen „Blinde Kuh".
Wir mähen Wiesen, machen weite Reisen,
und arg Veraltetes heißt „alte Eisen".

Doch manche Wörter passen einfach nicht zusammen,
weil sie der Ehrfurcht voreinander nicht entstammen.
Nicht kann ich mit der „Meß-Gestaltung" mich versöhnen,
das erste Wort kann sich ans zweite nicht gewöhnen.

Und dennoch mag es richtig deutbar sein:
Wohl jeder Feiernde gesteht sich ein,
er müsse zum Geheimnis auch was bringen,
was unser Herz versetzt in frohes Schwingen.

Antwort auf quälende Frage

Wenn ich der Milliarden Menschen denke
und dann der kleinen Herde inne werde,
die Christus liebt und seine Liebe spürt,
dann wage ich, besorgt den Herrn zu fragen:
„Warum hast du so wenig Minnesänger?
Warum läßt du so viele freudlos sein
und deine Wasser, die das Leben brächten
im Niemandsland versickern und versanden?“

Auf Antwort lauschend, höre ich den Herrn:
„Nur Menschenhände wirken meine Liebe
und meine Botschaft kommt aus Menschenmund,
durch Menschen nur kann ich zu Menschen kommen.
Doch wisse wohl, dein Zeugnis ist entscheidend
und nicht die Ernte, die du einbringst.
Die Menschen tun an dir wie einst an mir,
sie ziehn die Finsternis dem Lichte vor.“

BOTSCHAFT VOM ANDEREN UFER

Ahnen ins Ferne

Es wandern in schauriger Fülle
die Sterne auf lautlosen Bahnen.
Im nächtlichen Staunen der Stille
befällt mich ein wundersam Ahnen.

Besiegte Ferne

Gottes Gedanken
gleichen den Sternen,
sind wie Geheimnisse
weitester Fernen.

Doch seine Worte
schlagen die Brücken,
Worte, die hörende
Ohren beglücken.

Das Veilchen

Du kleines Veilchen,
scheu, verschreckt,
und – noch verfroren –
im Gras versteckt.

Du gibst dem Glauben
Zuversicht:
Es siegt das Leben,
es siegt das Licht.

Den Sieg über Zweifel
am ewigen Leben
schenkt Gott, der durch Jesus
sein Ja-Wort gegeben.

Die Ewige-Licht-Kerze

Nach einer Woche milden Leuchtens
wird eine neue Kerze sie ersetzen.
Die Norm der lückenlosen Kette
wird nie ein treues Mesnerherz verletzen.

Der schlichte Dienst verkündet Großes:
In Brotsgestalt bleibt Er mit uns verbunden.
Und selig, wer, hier still verweilend,
vom Kerzenlicht zum Licht der Welt gefunden.

Erlösender Fund

Wie aus tiefen Schächten
steigt in stillen Nächten
das Gewissen auf.

Wägt wie eine Waage
meine Lebenstage,
findet sie zu leicht.

Doch mein Bangen schwindet.
Meine Reue findet
Gott als großes Du!

Besinnungstag in einem Stift

Ich bin kein Träumer und ich suche nicht,
was einstmals Mönche hier im Stift getan.
Verändert sind das Kloster und die Welt,
und jede Zeit verläuft nach ihrer Bahn.

Als Mensch erfährt der Gast hier seinen Wert,
der Lärmgeplagte findet Ruhe hier,
der Wanderer Markierung für sein Ziel.
Wer solches sucht, kommt liebend gern zu dir.

Friedhof

Ich wage mich nachts in den Friedhof hinein
und schreite die Gräber entlang.
Gespenstisch flammt der Laternenschein;
mir ist von dem Flackern nicht bang.

Die Kerzen erzählen vom ewigen Licht,
von Gott, der das Jenseits erhellt.
Dämonen sind auf dem Friedhof nicht,
sie hausen in unserer Welt.

Immergrün

Ein Zweiglein liegt auf meinem Tisch
als Schmuck der weihnachtlichen Gaben.
Die grünen Nadeln duften frisch
nach Tannen, die noch Zukunft haben.

Doch jeder Zweig, getrennt vom Baum,
ist schon dem Tod anheim gegeben.
Und selbst der Baum hat nur den Traum
von einem ewig grünen Leben.

Das ewig grüne Lebensglück
ist in der Weihnacht uns geboren.
Uns Menschen bringt der Herr zurück,
was wir im Paradies verloren.

Ostern

Wenn Ostern kommt, dann wählen freudig
die sorgsam prüfenden Gedanken
die Dinge aus, die sich als Gleichnis
um dieses Festgeheimnis ranken:

Die Frühlingseier, deren Schalen
die kleinen Küchlein sieghaft sprengen,
die Bäume, die in Blatt und Knospen
zu früchtereichem Leben drängen,

die Schmetterlinge, die den Puppen
zu neuer Lebensform entsteigen,
die Wiesen mit dem Meer von Blumen,
die ihre Farbenwunder zeigen.

Dies alles ist ein Teil der Wunder,
die zu den Ostertagen prangen
und die den großen Sieg besingen,
daß sie die dunkle Nacht bezwangen.

Das wahre Ostern stammt vom Himmel:
Der Tod hat seinen Herrn gefunden.
Der Dich und mich liebt, ist erstanden,
in IHM sind ewig wir verbunden.

Martin von Tours

„Vom weiten Manteltuch gab ich die Hälfte
dem Bettler in der Kälte vor dem Tor.
Umhüllt mit diesem Tuch erschien mir Christus
und sprach: Martinus gab mir's, als ich fror."

In kleinen Muscheln findest du die Perlen,
in Episoden oft den großen Geist,
der durch die unbeirrbar treuen Wege
auf einen Geist vom Geiste Gottes weist.

Augustinus

Irrwege wandernd,
Trübes verlassend,
Helles erkennend,
Bleibendes ahnend
wechselt die Namen
für das Ersehnte
das menschliche Herz
auf der Suche nach Freude ...
auf dem Wege zu Gott.

Petrus

Er brennt viel tiefer als ein Wort,
Dein Blick aus traurigen Augen.
Die Träne nimmt den Schmerz nicht fort ...
was soll ich Treuloser taugen?

Und dennoch quillt aus Not und Scham
ein jenseitig neues Erwachen;
Dein Auge, Meister, will nicht lahm,
es will mich hellsichtig machen.

Marienlieder

Marienlieder sind ein weiter Bogen
um alle seligen und schwarzen Stunden,
vom Jubel bis zu Schreckensmelodien,
von Betlehem zum Haupt voll Blut und Wunden.

Auch in der Prüfung kannte sie kein Zaudern,
dem Worte Gottes innig zu vertrauen.
Sie glaubte: Was ER sagt, das wird geschehen.
Und wurde so die seligste der Frauen.